LETTRE

D'UN

PASSANT

A MONSIEUR LE RÉDACTEUR

DU COURRIER DE CANNES

BIBLIOTHÈQUE NATIONALE R.F. IMPRIMÉS

CANNES
IMPRIMERIE NOUVELLE A. MARQUÈS,
rue Sainte-Marguerite, 3.
1872

LETTRE

D'UN PASSANT

LETTRE D'UN PASSANT

A MONSIEUR LE RÉDACTEUR

DU COURRIER DE CANNES

Monsieur,

Lorsqu'un passant rencontre ces plages de la Méditerranée, terres bénies de
Dieu, il s'arrête, saisi par le charme, et
y établit sa demeure pour des jours
souvent trop tôt écoulés.

Il fait bon vivre de contemplations
et d'extases devant ce golfe aux reflets
moirés, gracieuse miniature de la baie
de Naples, ou bien encore de rêver en
face de ces deux îles, dont l'une montre,
toujours debout, cette énigme de pierre
qui fut une prison, et dont l'autre cache
avec un soin jaloux, les corps glorieux
des Docteurs et des Saints, dormant sous
l'acanthe et les térébinthes.

Un jour cependant, on se lasse de poésie ; les habitudes de la vie ordinaire reparaissent, et, soit par désœuvrement, soit, qu'à l'imitation des anciens, on veuille étudier les mœurs du peuple que l'on est venu visiter, on se remet à lire prosaïquement les journaux qui sont, après tout, les feuillets détachés de l'Histoire du monde.

C'est ainsi, Monsieur, que le *Courrier de Cannes* est tombé sous mes yeux.

Votre feuille avait d'avance mes sympathies de conservateur et de catholique, car, m'avait-on dit, votre programme était parfaitement conforme à mes opinions politiques et religieuses. Or, vous savez, Monsieur, combien il est doux pour l'abonné de se mirer dans son journal et d'y voir ses propres convictions respectées et défendues.

Vous devez bien rire, en ce moment, de ma confiance et de ma naïveté !

S'il m'en souvient, vous fûtes monarchiste l'espace d'une semaine ; bientôt votre républicanisme s'épanouit semblable à une rose de mai, avec des couleurs tendres et virginales ; mais, comme

« *Il n'est si belle rose....., etc.* »

vous êtes devenu démocrate à votre manière, car vous songez à faire alliance avec le catholicisme !...

La barque du *Courrier de Cannes* navigue ainsi sous des pavillons multiples. Vous n'êtes point, Monsieur, un corsaire ! non, vous évitez soigneusement tout combat, vous êtes plutôt le contrebandier qui opère d'une frontière à l'autre, ne cherchant qu'à vendre la marchandise sans payer les droits.

Je ne cherche pas à savoir si vous êtes plus ou moins convaincu dans vos écrits ; si, pour vous, la désertion d'une cause est « un perfectionnement » comme pour M. Hugo. Cela, Monsieur, m'est fort indifférent. Mais vous vous étiez déclaré défenseur de la foi, de l'ordre et de la liberté,ce qui signifie en France,que l'on est catholique et monarchiste; vous avez, par cette déclaration trompeuse, attiré l'abonné, et le lendemain vous avez défendu toutes les causes, excepté celle au service de laquelle vous vous étiez engagé.

C'est là, permettez-moi le mot, un truc de marchand.

Soyez franchement démocrate radical; si ce sont vos convictions, dites-le ? La loyauté exige que l'on ne trompe personne, à quelque parti que l'on appartienne.

Je le reconnais, il est difficile parfois d'être l'homme juste dont parle Horace, et de rester inébranlable quand on est journaliste. Pour aucuns, hélas ! la plume n'est plus cette épée vaillante et fidèle; elle est changée en quenouille et maintenant le fuseau tourne pour quiconque paie le chanvre ou le lin.

Cela est passé dans les mœurs, et, quant à vous, Monsieur le rédacteur, vous croyez être de votre époque.

— N'est-ce pas que cette lettre vous paraît une fantaisie bien étrange ?

En effet, c'est une fantaisie, un pur caprice.

Je vous adressais, le 9 avril, quelques observations sur un de vos articles religieux de la veille. On m'avait bien dit que vous n'oseriez jamais les reproduire dans votre journal ; je refusai de croire ceux qui m'avertissaient de vos habitudes en matière de procédés de presse et je ne me suis rendu qu'en lisant votre refus d'insertion. (Entre-nous, mon cher Monsieur, votre réponse sent assez son impertinent. Passons).

Piqué au jeu — bien qu'il ne vaille pas la chandelle — j'ai voulu, quand même, vous dire votre fait et je me tiens parole en ce moment en vous parlant avec le

BIBLIOTHÈQUE NATIONALE R.F. IMPRIMÉS

sans-façon et la liberté d'allures que donne d'ailleurs le *chez soi*.

D'un autre côté, je considérais comme un devoir de signaler à mes amis et à mes coréligionnaires, vos transformations et vos inconséquences de langage et de pensée, sans cependant vous accorder l'importance d'une réfutation de doctrines.

Car, vous avez une prédilection pour les dissertations philosophiques et religieuses. Je me souviens avec *terreur* de vos élucubrations sur Galilée, et que l'abonné vous pardonne, comme je vous pardonne toutes les tortures que vous aviez pris soin de nous infliger !....

Vos divagations religioso-sentimentales ont la propriété d'ennuyer les indifférents, de froisser les gens attachés à leur croyance et de blesser les convenances et le bon sens.

Il faut bien que vous entendiez ce que j'avais à vous dire à ce sujet, et je réédite aujourd'hui — sans votre permission — les mêmes observations que vous avez réfusé d'insérer :

« Il est déplorable de voir les journaux, même les plus autorisés en apparence, afficher des prétentions à la controverse en matière de Foi et de Dogme. Ces questions sont d'ailleurs parfaitement ignorées des journalistes ; à peine si, dans la grande presse, on voit une personnalité éminente se permettre de les aborder dans certaines circonstances où elles touchent de plus près à la politique générale.

« Le *Courrier de Cannes* ne doit pas manquer d'autres éléments de rédaction, sans avoir besoin de transformer ses colonnes en chaire de théologie. D'ailleurs ne redoute-t-il pas l'application de ce vers du fabuliste :

Ne sutor ultrà crepidam,

« Ceci est dit,

« Je me garderai bien de tomber dans l'excès que je signale en insistant sur le fond de l'article du 7 avril. Il y a là de grands mots, *sesquipedalia verba*, et ces substantifs-géants s'accouplant avec de pompeux adjectifs, produisent des phrases aussi monstrueuses que celle-ci :

« Pour nous qui croyons que la Divinité
« ne s'inquiète pas de quelle façon elle
« doit être adorée ; pour nous qui ne
« voyons dans les formes extérieures de
« tous les cultes que des vêtements qui
« abritent et recouvrent la Majesté Divine,
« nous voudrions voir s'opérer cette grande
« réconciliation du catholicisme et du
« protestantisme sur le terrain de la cha-
« rité, de l'amour en Dieu, de la fraternité
« humaine et de la liberté. »

« Voilà une excentricité d'imagination qui serait plaisante si elle n'était inconvenante à tous égards. J'avoue que de singulières images se présentent à mon esprit lorsque je vois les divers cultes comparés « aux vêtements qui *abritent*(!) la Majesté divine. » Je le répète, ce serait fort drôle, si ce n'était indécent.

« Mais d'où vient encore que le même journal, qui émet l'idée burlesque de *fusion* entre le catholicisme et le protestantisme, contient dans sa première page un bulletin politique signé : *F. Jacob,* où sont exprimées des opinions toutes contraires !

« Il y a donc deux politiques dans le *Courrier de Cannes* : celle de la première page et celle de la seconde. Laquelle des deux faut-il prendre ?

« M. Jacob cite les considérations du *Mémorial diplomatique* qui viennent appuyer ses dires et il ajoute :

« Cette lutte, aussi manifestement ou-
« verte entre le protestantisme et le catho-
« licisme, doit donc attirer d'une façon
« toute spéciale l'attention de nos hommes
« d'Etat modernes, et selon nous, nous ne
« voyons de solution possible à ce conflit
« redoutable, qui menace de raviver des
« haines toujours vivaces, qu'en s'efforçant
« de concilier le catholicisme avec la dé-
« mocratie.

« Cette proposition est pour le moins funambulesque. Le rédacteur du *Courrier* pourrait-il expliquer ses inconséquences ?

« D'un côté, il réclame au nom des intérêts français, l'union du catholicisme et de la démocratie; au verso de la même page, il change de décor, et, au nom du salut des âmes, il demande la fusion du catholicisme et du protestantisme !

« Si M. Jacob veut être sincère, il avouera qu'il est de dures nécessités pour les journalistes de province. Bien plus soumis à la loi de la réclame qu'à la loi religieuse, a composé une petite théologie bigarrée, à l'usage des villes de saison qui veulent contenter leur clientèle de toutes Fois et de toutes lois. »

Vous le voyez, Monsieur, j'avais cependant ménagé le journaliste tout en déclarant ses doctrines détestables.

Il m'eut été cependant si facile de m'égayer aux dépens de l'écrivain !

Vous avez chanté, par exemple, les douceurs du pruneau et les vertus de la pommade. C'est, je crois, le numéro du dimanche, 17 décembre 1871, qui contenait cette homélie sur les *parfumeurs* et les *confiseurs* des Alpes-Maritimes, et j'y lus, avec stupeur, les lignes suivantes, qui n'ont jamais pu s'effacer de ma mémoire :

" Il est une autre étude à laquelle nous
" voudrions voir les savants et les amou-
" reux se livrer et qui, croyons-nous, ne
" manquerait pas d'un vif intérèt ; cette
" étude serait une comparaison entre les
" parfums que donnent les fleurs et les
" *parfums mystiques et physiques que ré-*
" *flètent les femmes* ; car, mesdames, nul
" ne saurait contester qu'il *s'exhale* de vos
" beaux corps des parfums aussi délicats
" et aussi variés que ceux qu'*exhalent* vos
" cœurs et vos âmes.
" La blonde et la brune ne répandent
" pas, dit-on, le même parfum, et l'on af-
" firme même que, de la blonde la plus

" pâle jusqu'à la brune la plus foncée, *il y*
" *a une sorte de série d'arômes* dont Dieu
" seul connaît les causes et les vertus.
" Et quant aux parfums mystiques des
" âmes, *qui de nous ne les a odorés parfois ?*
" Ils se trahissent par mille arômes pres-
" que imperceptibles, dont la description
" échappe à la plume, et que l'esprit saisit
" au vol comme le passage de la brise
" légère. "

Ces lignes portent leur jugement avec elles.

Faut-il vous dire, en terminant, que votre réponse adressée surtout à un anonyme est une rodomontade d'un goût douteux ?

La voici textuellement :

" Nous répondrons, une fois pour toutes,
" aux personnes qui désireront voir insé-
" rer leurs réponses, que le *Courrier de*
" *Cannes est une tribune publique* où cha-
" cun a le droit d'exposer ses opinions
" politiques et religieuses ; mais qu'il ne
" ne sera fait droit à ces insertions, qu'au-
" tant que les auteurs des articles, qui
" nous seront adressés, daigneront se faire

" connaître. Nous n'attachons la *dignité*
" *d'écrivain* qu'à ceux qui ont le *courage*
" de signer ce qu'ils écrivent. »

De minimis non curat prætor. Je ferai comme le préteur et ne m'occuperai point de vos paroles malsonnantes.

En fait de courage, Monsieur, celui-là est élémentaire qui consiste à ne pas rougir de ses opinions et à les professer hautement, — et la dignité d'écrivain appartient toujours aux hommes fidèles et désintéressés qui consacrent leur talent et leur vie à la défense de leurs convictions.

Quant à moi, il m'importe peu que vous m'accordiez ou que vous me refusiez ces priviléges. Vous pouvez en toute sécurité vous dispenser d'être courtois vis-à-vis de moi, qui reprendrai demain ma route sans plus songer à vous répondre.

La « Reine des fleurs » laissera dans ma mémoire et dans mon cœur des souvenirs aussi doux que les noms eux-mêmes de ses plages, et, si le nom de Cannes revient sur mes lèvres, ou se retrouve sous ma plume, ce ne sera jamais, Monsieur, à l'occasion du *Courrier*.

Le Passant a signalé votre journal comme les voyageurs indigitent ces hôtels à l'enseigne allêchante et à l'extérieur trompeur, mais où le vin est aigre et la nappe tachée.

Un Passant.

Cannes, le 15 avril 1872.

Cannes, imprimerie Marquès.

314

www.ingramcontent.com/pod-product-compliance
Lightning Source LLC
LaVergne TN
LVHW010208060726
842524LV00005B/2062